글벗시선124 송연화 시인의 열 번째 시집

아침의 시작

송연화 지음

아침의 시작

송연화 열 번째 시집

■머리글

아침의 시작

마침내 열 번째 시집 『아침의 시작』을 출간합니다. 코로나19로 정말 여러 가지 어려운 상황에서도 시집을 출간할 수 있어서 다행입니다.

글벗들과의 만남은 언제나 행복합니다. 나의 일터는 논밭이고 자연입니다. 매일 아침에 글 쓰는 행복, 글 나눔의 기쁨은 아침부터 시작합니다. 참으로 의미 있는 하루가 시작됩니다.

강원도 횡성에서 그리고 원주에서 오고 가는 많은 이웃을 만납니다. SNS를 통해서도 국내의 글벗은 물론 멀리는 독일과 뉴질랜드 그리고 미국의 글벗들을 매일 만납니다. 그리고 제가 힘써서 가꾼 농작물을 나눕니다. 그리고 제 시집을 이웃과 나누고 있습니다. 나의 친구인 독자들, 그리고 이웃들에게 언제나 행복을 나누고자 합니다. 언제나 건강하시고 행복하십시오.

> 농작물 이불 되어 안개가 긴 잠 자고
> 이슬에 머리 감고 두둥실 올라가요
> 새벽의 하늬바람에 콧속이 뻥 뚫려요
> – 졸시 「아침의 시작」 중에서

2021년 2월에 저자 송연화 올림

제2부 뜨락의 사랑

제3부 오고 가는 정

제4부 호박꽃 사랑

제5부 친구의 선물

제6부 커피를 마시며

■ 서평

제1부

새벽안개

배추씨앗 파종

친정집 배추씨앗
상토 흙 포토 넣어
정성을 다하여서
한 알 두 알 심었지
한아름 되게 자라렴
맘속으로 응원했다

오빠 댁 가정 경제
고랭지 배추 농사
잘 되어 함박웃음
지으면 좋으련만
괜스레 걱정스런 맘
토닥토닥 달래요

언덕 밭 노랑배추
알토란 풍년들어
울 오빠 빚 갚으면
얼마나 좋을까요
덩더쿵 춤을 추지요
피어나라 꿈이여

16_ 아침의 시작

두 아들

사랑아 내 사랑아
난 네가 보고 싶다
바빠서 얼굴 보러
못가고 이게 뭐야
지척에
두 아들 두고
무심한 엄마네

큰집을 살림하고
가게일 하는 아들
대견해 이쁘구나
이제는 장가가라
엄마의
가장 큰 소망
자나 깨나 결혼이야

새벽이슬

새벽에 내린 이슬
채소와 농작물들
영양소 물기가득
머금고 무지갯빛
영롱한 고운 꿈꾸며
한걸음씩 내게로

어여쁜 먹거리들
오늘도 방실방실
춤추며 반겨다오
웃으며 지내보자
한 뼘씩 자라는 모습
바라보는 즐거움

돌나물

샛노란 돌나물 꽃
어느새 활짝 피어
땅위에 금별들을
촘촘히 박아뒀네
세월 참 빨리도 가네
가는 세월 어쩌랴

한 참을 바라봤다
귀엽고 작은 꽃들
고와라 올망졸망
뚝방에 가득 폈네
꽃잎이 별처럼 보여
사진으로 담았죠

해바라기

농사를 안 지어본
사람은 농작물들
사랑을 모르나봐
예쁘게 무럭무럭
자라는 해바라기를
네 바퀴로 짓눌렀네

가을날 꽃 보려고
일찍이 심어놓고
황톳길 타박타박
걸으며 바라보는
즐거움 놓쳐 버렸네
해라라기 어쩔꼬

얼마나 아팠을까
어린 걸 무참히도
뭉개어 놓았는데
한마디 사과 없이
농심을 멍들게 하는
몹쓸 사람 잘가라

땅 초롱꽃

보라색 땅 초롱꽃
정원에 가득피어
꽃등을 달았어요
군락지 이루어서
초롱꽃
집성촌 되어
반짝반짝 빛나요

벌 나비 찾아와서
노닐다 떠나가고
바람도 잠시 와서
쉼하며 재잘재잘
이보다
더 좋을쏘냐
향기 나네 마당 뜰

바라 봄 정다워라
해마다 피어줘서
반갑기 그지없네
꽃피워 사랑 나눔
내년엔
대가족 되어
마당 뜰에 오겠죠

26_ 아침의 시작

새벽안개

어머나 웬 손님이요
반가움에 설레발
더덕밭 새벽안개
살포시 내려앉아
포근히
고운 잠 자고
둥실둥실 떠나요

마을의 수호천사
달님은 저 멀리로
떠나요 해님마중
방실이 웃으면서
아침 해
솟아오르네
싱그러운 새벽에

오늘은 얼마만큼
더울지 벌써부터
괜스레 겁나네요
안개가 깔리는 날
무진장
덥다하는데
바람 불면 좋겠네

접시꽃

정원 뜰 빨갛게 핀
커다란 꽃송이들
봉우리 알알 맺혀
꽃피고 새 가우네
접시꽃 임 오시는 길
웃으면서 반기리

오가는 길목에서
온종일 한들한들
향기로 인사하는
그대여 변치 마오
이 마음 가을까지 쭉
일편단심 바라볼게

키 재기

남편은 옥수수랑
밭고랑 똑바로 서
키 재기 하는 걸까
흐뭇해하는 모습
옥수수 키우고 가꿔
지켜보는 즐거움

끝자락 꼭대기에
옥수수 이파리 쭉
개꼬리 올라오고
커가는 모습 보며
벅참에 기분이 상승
살랑살랑 웃네요

나팔꽃

저 혼자 야생으로
자라서 논밭주인
발자국 소리 맞춰
야생화 나팔꽃이
일제히 꽃 피웠어요
오늘 내일 만나요

키다리 농장주인
오시면 봐 주려나
설레며 기다려요
새초롬히 피고지고
어때요 나 예쁘지요
오매불망 기다려요

꼬마장미

울타리 올망졸망
봉우리 가득차서
넘쳐요 꼬마장미
빨강 꽃 가득피면
울타리 견딜까 걱정
너무 좋아 설레발

울 동네 지도자님
장미꽃 신나 자랑
좋아서 함박웃음
덩달아 신이나요
이웃집 장미꽃 사랑
정 나눔이 최고죠

사랑의 정원

사랑 비 밤새도록
살포시 다녀가고
싱그러운 초록들은
부푼 꿈 가득안고
구름 꽃 바라보면서
살랑살랑 춤추네

이런 게 삶이라면
즐겁게 받아주고
일상들 즐기면서
정년도 없는 농부
좋아라 사랑의 정원
축복으로 살아보자

행복이 별거더냐
모든 게 내 맘 안에
작은 것 만족하고
사랑을 품고 살면
행복은 내게로 오고
너도나도 꽃 웃음

넝쿨장미

시골집 빈 집에는
새빨간 넝쿨장미
담장에 가득피어
주인들 돌아올 날
손꼽아 기다리면서
변함없이 지켜요

장미향 멀리멀리
날리어 애처롭고
떨어진 빨강꽃잎
바닥에 긴 잠자고
언제나 한결같은 맘
돌아와요 제발요

나의 보물들

뜨락의 사랑이들
싱싱한 먹거리로
내게로 돌아 왔네
때때로 눈요기로
즐거움
안겨 주더니
풍년으로 왔구나

고맙다 사랑이들
애착이 가는 뜨락
보물들 울긋불긋
가슴을 파고드는
야무진
진한 먹거리
내 사랑들 최고네

사랑을 듬뿍 먹고
알알이 익어가는
보물들 보내야지
마음이 급해져서
덜 자란
귀한 보물들
살펴보는 즐거움

호박

동그란 사랑 사랑
호박이 열렸구나
노란 꽃 피고달린
내게로 온 복덩이
넝쿨째 굴러온 호박
마디마다 조롱조롱

열렸네 내 사랑들
꼬물이 어여뻐라
보람된 하루하루
소중한 인연 따라
임들께 보내 드리고
물 흐르듯 살란다

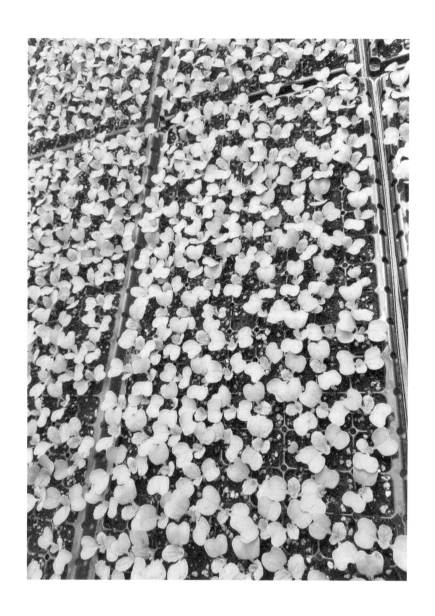

고랭지 배추

내 고향 친정집은
하우스 가득가득
어린 싹 배추모종
파랗게 무럭무럭
눈으로
보는 즐거움
행복으로 피어요

알토란 배추농사
고생한 보람되어
이마에 생긴 주름
하나 둘 펴졌으면
고생한
언덕 위 사랑
몹쓸 사랑 아니길

올케가 보낸 사진

눈물이 핑그르르
속이 타 울렁울렁
고향을 지켜주는
고마움 가득이라오
올 농사는 대박요

내 마음 미안함 뿐
친구를 중매하여
오빠와 맺어준 죄
잘살면 좋으련만
농사에 눈물 바람을
미안해요 새 언니

언젠가 웃으면서
말하리 친구 언니
내 팔은 안으로만
굽는다고 깔깔깔
신나게 웃을 수 있게
행복하게 잘살아 봐

제2부

뜨락의 사랑

밤꽃

밭둑에 밤나무가
꽃피기 시작했다
두 그루 마주보고
정 좋은 친구 되어
휘어진 하얀 꽃향기
동네방네 풍겨요

비릿한 냄새 싫어
고개를 절레절레
그래도 참아야하죠
밤꽃은 남자향기
그래서 싫어하나 봐
토실토실 밤 토실

선인장 꽃

화단에 진 노랑꽃
촘촘히 가시 박힌
선인장 작은 꽃술
입 크게 방글방글
향기로
벌 유혹하네
꿀꺽꿀꺽 달콤 사랑

어디서 찾아왔나
주위에 양봉농가
찾을 길 없는데도
꿀벌들 사랑 찾아
천릿길
날아왔구나
조심해라 꽃 가시

노을

산마루 걸터앉은
화려한 저녁노을
오렌지 고운 빛깔
하늘을 물들이고
노을 빛
마음 뺏기어
하염없이 서있네

이토록 아름다운
하늘빛 도화지에
가득이 그려놓은
자연의 위대함에
입이 쩍
신기 하여라
선녀님이 그렸나

그 집 앞

차 한 잔 하러오셔
큰소리 외치시는
새마을 지도자님
담장에 꼬마장미
반갑게 맞아 주네요
한 눈에 훅 반했어요

장미의 은은함이
코끝을 스쳐오고
바람도 살랑살랑
유월의 싱그러움
진함도 넘침도 없이
오직하나 꽃 사랑

사랑아 내 사랑아

남편이 잔소리다
본인은 작물심고
마누라 꽃만 심고
잔소리 하는 남편
웬걸요 꽃 심고 있네
일심동체 사랑아

좋아라 너무 좋아
예쁘게 알록달록
눈으로 가득 담고
마음에 시를 쓰며
한세상 살다 보면은
행복 꽃도 피겠죠

사랑아 내 사랑아
마음껏 피어나라
꽃향기 동네방네
풍기며 살아보자
너와 나 사랑 하나로
나눔으로 살아요

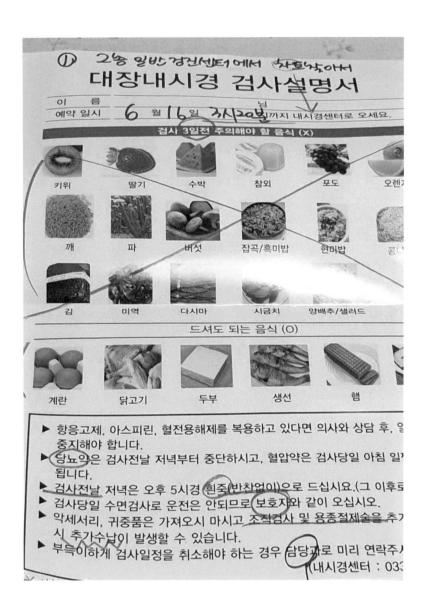

① 2층 일반검진센터에서 차트받아서
대장내시경 검사설명서

이 름 :
예약 일시 : **6월 16일 3시 20분**까지 내시경센터로 오세요.

검사 3일전 주의해야 할 음식 (X)

키위	딸기	수박	참외	포도	오렌지
깨	파	버섯	잡곡/흑미밥	현미밥	콩나
김	미역	다시마	시금치	양배추/샐러드	

드셔도 되는 음식 (O)

계란	닭고기	두부	생선	햄

▶ 항응고제, 아스피린, 혈전용해제를 복용하고 있다면 의사와 상담 후, 일시 중지해야 합니다.
▶ 당뇨약은 검사전날 저녁부터 중단하시고, 혈압약은 검사당일 아침 일찍 됩니다.
▶ 검사전날 저녁은 오후 5시경 흰죽(반찬없이)으로 드십시오.(그 이후로
▶ 검사당일 수면검사로 운전은 안되므로 보호자와 같이 오십시오.
▶ 악세서리, 귀중품은 가져오시 마시고 조직검사 및 용종절제술을 추가
  시 추가수납이 발생할 수 있습니다.
▶ 부득이하게 검사일정을 취소해야 하는 경우 담당과로 미리 연락주시
                                      내시경센터 : 033

건강 검진

마시고 비워내고
물먹고 기다리고
또 훌짝 마셔주고
더 부룩 메스껍고
건강을 지키려다가
기운 없어 죽겠네

화장실 들락날락
문고리 불나겠네
어이타 힘이 들까
괜스레 지쳐가네
생사람 환자가 되고
건강검진 사람 잡네

키다리 옥수수

키다리 옥수수가
긴 가뭄 애태워도
건강하게 쑥쑥 자라
기쁨을 주고 있네
개꼬리 수염이 나와
사랑하고 있어요

옥수수 수확시기
코앞에 다가오고
커가는 모습 보면
고생한 보람 커요
옥수수 수확기 되면
전국으로 보내요

보리수

보리수 빨강 열매
맛있네 새콤달콤
말랑한 알갱이가
터질듯 감미로워
그 맛에 윙크 하면서
새콤함에 눈 감죠

둘레길 이곳저곳
심어놓은 과일나무
철따라 꽃피우고
과일이 주렁주렁
맛있는 간식이 되고
귀농하여 찾은 보람

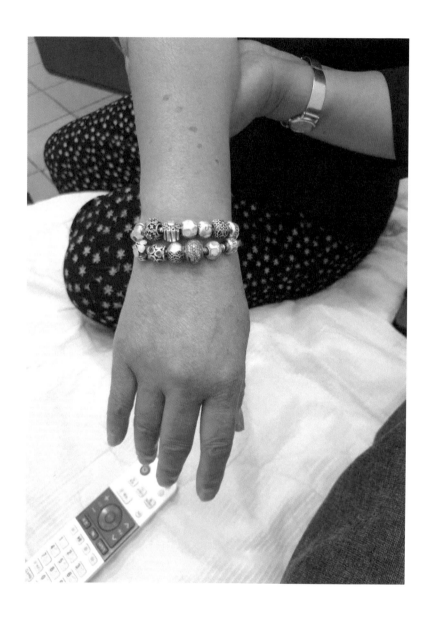

친구야

친구가 보고 싶다
그리움 파도처럼
아련함 밀려오고
만날 수 없는 현실
폰으로 목소리 듣고
돌아서면 그립네

시인 된 기념으로
판도라 선물해 준
소중한 내 친구야
영원히 잊지 말자
맘속에 저장해 뒀지
너랑 나랑 참 사랑

이 세상 다하도록
긴 세월 동행하며
살갑게 살아보자
우정도 변치 말고
정말로 널 사랑 한다
보석 같은 친구야

사랑이야

가슴에 타오르는
열정의 붉은 장미
한눈에 뿅 반했어
이 마음 콩닥콩닥
얼굴이 붉어지네요
사랑이야 정말로

그 품에 안길까요
가시에 찔리려나
은은한 향기품은
사춘기 소녀처럼
그리운 고운임의 향
나 어떡해 사랑이야

뜨락의 사랑

뜨락에 내린 사랑
노란 꽃 왕관 속에
꿀벌들 사랑 하네
긴 줄기 쭉쭉 뻗어
마디에 사랑 결정체
흡족하게 달렸네

길쭉한 호박들이
이제는 자라네요
사랑을 먹고사는
내 보물 예쁜이들
이제는 택배 보내요
사랑 나눔 정 나눔

간이 수영장

최고로 예쁜 꽃은
자연의 꽃이 아닌
손주들 재롱 꽃들
언제나 맑음으로
가정을 빛나게 하죠
손주 사랑 내리사랑

인생길 고단해도
손주들 할아버지
불러줌 좋아 좋아
이마에 진 주름살
손주들 재롱 꽃으로
반질반질 펴져요

하우스 천막 깔고
수돗물 받아 저장
햇볕이 내리쬐어
물 온도 미지근해
손주들 간이 수영장
신나게들 놀아라

구름꽃

하늘엔 몽실몽실
구름 꽃 피었구나

나직이 누워있는
멋스런 뭉게구름

어디로
흘러가는지
알 수조차 없구나

짙푸른 파란하늘
언저리 곱게 피어

길동무 찾아 가네
네가 올래 내가 갈까

저토록
아름다울 수
또 있을까 모르겠네

마음 밭

비좁은 오솔길을
오르면 비탈진 곳
마음 밭 다듬어서
비옥한 밭 만들자
둥글게 모나지 않게
살아내자 빛나게

이래도 참아내고
저래도 웃어주며
한세상 살아보세
고운 맘 빛나는 삶
열정과 사랑 하나로
향기 나게 즐겁게

흔들리는 우정

부도설 위기 거론
얼마나 힘이 들면

나한테 도와 달라
어렵게 말을 할까

어쩌랴 여유가 없어
아픈 마음 달래보네

섭섭해 돌아가는
친구의 뒷모습을

멍하니 바라보다
속상해 눈물짓다

먼 하늘 쳐다보면서
괴로움을 달래네

하늘은 내 맘 알까
코로나 바이러스

장기간 머물러서
친구가 내리막길

미안해 나도 힘들어
흔들리는 우리 우정

짧은 여행

둘이서 짧은 여행
집안일 다 잊고서
맘 편히 이곳저곳
누비고 다닌다네
즐거운
여행길이다
색다른 곳 힐링 중

청평의 넓은 호수
호숫길 드라이브
찻집도 즐겨보고
경관이 멋진 곳들
한바퀴
돌아보면서
여유로움 누린다

제3부

오고가는 정

제비

천장의 난간에도
제비집 지어놓고
삼총사 모여 앉아
꼬리를 까닥까닥
신나게 노래 부르네
찌찌배배 지지배

도대체 알 수 없네
영어야 한국어야
따라서 불러보니
은근히 중독되네
새끼는 알아들을까
제 어미의 목소리

글쎄 땀나요

저 모습 너무 웃겨
찍어서 담아보네
옥수수 비료 주고
껍질에 베일까봐
저토록 얄궂은 모습
두 벌 비료 주네요

두 사람 하는 일이
안팎으로 달라서
오늘은 각자 분담
뛰면서 걸으면서
어느새 땀 송글송글
역할 분담 이제 끝

숲길

아무도 찾지 않은
숲길엔 새들의 터
삐삐숑 아리아리
귓전을 울림주고
그늘진 숲길의 쉼에
채워지는 포만감

가끔은 좋은 공기
숲길에 얻어 보자
건강도 챙기면서
최고의 안락함을
즐기며 살아가야지
아이 좋아 이 숲길

긴 가뭄

긴 가뭄 불볕더위
작물들 시름시름
마르고 병이 들어
올 농사 걱정이다
농자는
천하지 대본
요즘 들어 실감 난다

앞집도 뒷집 밭도
옥수수 잎이 말라
뾰족이 돌돌 말려
끝 쪽이 붓이 되어
농부들
걱정이 태산
비 오기만 기다리네

반가운 약비

얼마나 반가운지
뛸 듯이 기쁨이야
드디어 살폿살폿
단비가 내려주네
농작물
생기가 나네
기운차게 일어나렴

옥수수 이파리에
빗방울 또록또록
동그란 구슬처럼
사이에 스며들고
수염에
반가운 약비
알찬열매 맺겠네

산안개

가녀린 실비 멈춘
산자락 기슭에는
산안개 둥실둥실
그 모습 용 닮았네
하늘로 오르는 모습
우람하고 멋지네

조금 더 내려주길
맘으로 빌었는데
내리던 비 멈추고
구름만 둥둥 떠서
괜스레 걱정스럽네
반가운 비 더 오렴

택배

아직은 살맛난다
사장님 배려 하에
집까지 방문해서
택배를 싣고 가고
농사일 방해 줄까봐
바쁜 일손 돕는다

날마다 싣고 가는
번거로움 줄이고
이보다 더 좋은 일
어디에 또 있을까
고객을 배려하는 일
시골 문화 바뀐다

안개비

가녀린 안개비가
내려서 일도 멈춤
손길이 필요한일
쌓여서 걱정되네
두 사람
손길이라서
일 넘치면 곤란해

주르륵 비 내리면
얼마나 좋을까요
안개비 실비라서
도움도 못되는데
괜스레
일거리 넘쳐
심란하기 그지없네

오고가는 정

전화벨 울려주네
살갑게 들려주는
글벗의 시인님들
형제처럼 반갑네
지금 막
택배 받았수
웃음꽃이 피어요

사는 게 별건가요
정 나눔 사랑 나눔
하나 둘 쌓아가는
인연 꽃 만들면서
서로가
오고 가는 정
이런 맛에 살지요

능소화

초록의 물결 따라
담장에 가득한 꿈

주황색 능소화는
전설 속 아픔 딛고

수줍은
새색시처럼
고개 숙여 피었네

까치발 돋움 하여
담벼락 위로 올라

행여나 오시려나
예쁘게 치장하네

저 멀리
바라보면서
애간장을 태우네

감자 캐는 날

감자 싹 뽑아주고
흙더미 비닐 걷고

호미로 흙 헤치면
감자가 쏟아진다

가뭄에
흉년 들어서
감자크기 호두알

주문을 받으려니
괜스레 미안하네

특 대왕 아예 없어
아가들 주먹만 해

그래도
고맙지 모야
감자수확 했으니

여름날

날씨는 푹푹 찌고
이마에 땀방울은
발등에 쉴 새 없이
떨어져 힘든 하루
옥수수 콕콕 심었네
가을날의 희망을

비 온다는 뉴스를
믿으며 무리해서
모종을 심고 나니
뿌듯함 하늘 나네
여름날 고생한 대가
가을 수확 얻으리

반가운 손님

속 태워 기다리고
기다린 그 손님이
이곳에 오셨네요
살며시 오셨다가
가시면 야속 하지요
마지막 날 하루 더

긴 시간 눈 빠지게
보고파 먼 하늘만
날마다 쳐다보고
오실 때 기다렸죠
최고로 반가운 손님
바로바로 사랑비

감자 완판

가뭄이 너무 심해
감자가 흉년들어
알들이 부실해서
미안함 가득이네
임들께 택배 보내고
감자 완판 아쉽네

택배들 받으시면
행여나 실망하심
어쩌죠 죄송해서
괜찮다 수고했다
토닥여 용기 주시면
일 열심히 할게요

만남

긴 세월 모임 없어
친구들 보고프네
갑자기 우르르 오니
반갑기 그지없네
너와 나 우리는 친구
행복하게 잘 살자

사는 거 별거더냐
서로들 왕래하고
고운 정 쌓아가며
한세상 그리 살며
즐겁게 살아 보세나
사랑한다 친구야

칠월

반년의 세월 훌쩍
떠나고 칠월 첫날

새로운 희망하나
심는다 잘 자라라

꿈이여 미소 지으며
나에게로 오너라

살며시 오고가는
계절의 바뀜에도

새로운 모습들이
눈으로 들어오고

들녘에 자란 꿈들
가득히 펼쳐가며

칠월의 첫날 시작을
행복하게 맞는다

제4부

호박꽃 사랑

사랑의 결정체

칠월의 첫날이다
모여서 저녁먹자
전화로 말해놓고
괜스레 두근두근
선보라 말을 전하면
승낙할까 두 아들

가슴에 타는 불꽃
순수한 사랑이야
살포시 피어나는
봄날의 아지랑이
두 아들 가슴에 피어
불꽃처럼 피어라

초록 물결

맑게 갠 파란하늘
구름꽃 가득피어
둥둥둥 떠다니고
초록의 물결바다
이파리 가득 물올라
상큼상큼 빛난다

모두가 싱그러운
초록의 물결들이
들녘에 가득피어
눈부신 아침햇살
농작물 토닥여 주는
사랑스런 하루야

오늘 하루

새하얀 도화지에
그림을 그리듯이
아침에 하루 시작
설계를 해봄이다
마음 속 사랑 꽃 피워
오늘하루 잘 살자

신선한 향기 피워
생활의 활력소가
넘쳐나 미소가득
번지는 즐거운 날
행복이 옹달샘처럼
퐁퐁 솟아 넘치길

마음이 온유하게
녹슬지 않게 하고
스스로 갈고 닦아
따스한 마음전해
주변을 사랑하면서
새털처럼 가볍게

호박꽃 사랑

귀한 몸 잎사귀만
무성해 안타깝네
애타게 기다리는
농사는 어려워라
호박이 보이지 않네
어라 웬일 열렸네

빗속에 호박꽃들
사랑이 부족한가
햇볕도 꿀벌들도
꽃 피지 못했구나
모두가 하나 되어서
사랑해야 열리지

삶은 빨래

눅눅한 빨랫감을
푹 삶아 빨래해서
줄 가득 펼쳐 널고
햇살에 뽀송뽀송
마르면 곱게 개어서
장식장에 차곡차곡

볕 좋아 신이 나서
동동동 뛰는 마음
즐겁게 주부놀이
한가한 틈새활용
하얗게 빛나는 살림
웃으면서 하지요

연꽃

더러운 진흙 속에
맑음의 진리 꽃을
피워낸 그대연꽃
고귀한 사랑이죠
하나도 버릴게 없는
아름다운 꽃이여

우아한 그 모습은
태풍도 끄덕없죠
가녀린 대공으로
화사한 꽃 피워내
비바람 다 막아주는
인내의 강인한 꽃

뿌리는 반찬으로
씨앗은 건강식용
연잎은 허물 안 듯
알알이 담아내어
갖가지 건강식으로
우리 밥상 지켜요

달님

달님이 대문까지
고맙게 달려주네

고운 밤 데이트에
퇴근길 두리둥실

황홀한 달님과 동행
즐거워라 이 한밤

마음이 즐거우면
깊은 밤 단꿈 꾸며

몸 건강 마음 건강
평안한 쉼을 하죠

즐겁게 사는 게 최고
건강하게 삽시다

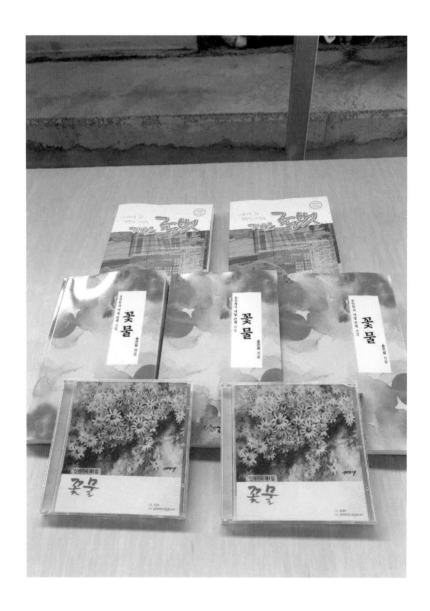

새 식구

기쁨이 가득한 날
새 식구 도착했네

선물을 받을 때면
언제나 심쿵심쿵

일상들 오고가면서
애쓴 보람 느껴요

짬짬이 글밥 지어
축복의 공간 속에

시인님 주옥같은
글 나눔 함께 하고

글향에 흠뻑 빠져서
헤어나질 못해요

콩순 치며

별난 콩 서리태 싹
무성해 싹둑싹둑

고라니 뜯어먹고
벌레들 갉아먹고

콩순을 이발해 주니
가지런한 멋쟁이

꽃눈이 올라오면
정리가 어려워져

지금 쯤 과감하게
순치면 한 아름씩

콩 포기 사이 가득히
주렁주렁 열리죠

귀요미

우리 집 보배손녀
귀요미 살랑살랑
그네를 타고 있네
신나라 즐거워라
슝 멀리
오르는 그네
웃음소리 까르르

해맑은 웃음소리
손녀가 귀여워서
할배는 숨 멎을 듯
한없는 손녀사랑
재롱에
웃음꽃 가득
십 수 년은 젊어졌수

능소화

하늘 빛 반짝반짝
푸름이 넘쳐나고

좋아라 이웃마실
기왓장 담벼락 위

붉게 핀 능소화가
기쁨으로 반기네

가녀린 줄기 뻗어
살포시 피어나는

임의 꽃 애절하게
기다림 세월 가네

이제는 소망 이루어
즐겼으면 좋겠네

멋진 구름

하늘에 가득담긴
흰 구름 두리둥실
어디로 가는 걸까
구름친구 옹기종기
모여서
함께 가는구나
정다워라 저 모습

층층이 탑을 쌓고
떠도는 뭉게구름
몽울몽울 유혹하네
만져보고 싶어져라
아찔한
멋진 구름아
나도 함께 가보자

꽃 잔치

방글이 피었다네
원주천 둘레 길에

꽃 잔치 활짝 열려
오가는 시민 발길

핸드폰 꽃 사진 담아
기쁨으로 남기네

모두들 즐거워서
수다로 재잘재잘

거리두기 캠페인은
잊은 듯 미소가득

가거라 코로나 세균
행복하게 살란다

즐거운 날

칸막이 물 받아서
손주 꽃 모여 있네

물장구 치고 놀며
신나라 시끌벅적

온 마당 들썩이면서
캠핑하는 모습들

아가들 손수 체험
토마토 오이 따기

개구리 폴짝 뛰자
그대로 따라하네

먼 훗날 기억해 줄까
예쁘게만 자라렴

희망 등

더위를 무릅쓰고
희망등 하나 걸고
꼼지락 땀 흘렸네
작은 씨앗 고들빼기
바람에
날려 갈까봐
살금살금 뿌렸네

촉촉한 땅의 촉감
씨앗은 자리 잡아
집짓고 웅성웅성
꿈꾸며 자라나서
가을 날
우리 곁으로
기쁨으로 올 테지

대추 꽃

초록의 대추나무
진노랑 작은 별꽃

과실수 꽃 중에서
막내로 피어나도

제사나 차례 상에는
제일 먼저 오르죠

알갱이 톡톡 터져
별 무리 가득 앉아

나무에 다닥다닥
꽃 피고 사랑하네

가지가 휘어지도록
넘치도록 달렸네

제5부

친구의 선물

부부

장마가 시작되어
김치를 담가본다
배추 속 소 겹겹이
예쁘게 쓱쓱 싹싹
빨갛게
화장을 하고
기분 좋게 만나리

한나절 꿈쩍 않고
도와준 옆지기님
땀 뻘뻘 물에 풍덩
저토록 좋아 하네
부부의
사랑의 정원
알콩달콩 살아요

옥수수 수확

뙤약볕 등에 지고
힘들게 농사지어
커가는 농작물들
곁으로 총총 오면
텃밭을 바라보는 맘
힘이나요 저절로

옥수수 까만 수염
끄덕이 말라가고
고운 알 촘촘 박혀
수확기 되었지요
강원도 찰옥수수가
달작 지근 맛나요

웃으며 임의 곁을
찾아갈 주소확인
고생한 보람되어
위로가 되었지요
공들여 키운 옥수수
시집보낼 채비 끝

아침의 시작

농작물 이불 되어
안개가 긴 잠 자고
이슬에 머리 감고
두둥실 올라가요
새벽의
하늬바람에
콧속이 뻥 뚫려요

알싸한 새벽공기
가슴에 부딪히는
상큼한 이 하루를
새들의 합창해요
포근히
감싸 안으며
한 맘 가득 펼쳐요

어울림

세상에 나 홀로는
살수가 없음이야
식물도 동물들도
서로들 어울리며
쌩긋이 꽃 피고 지고
바라보니 기쁘네

호박꽃 백일홍이
친구가 되었다네
꿀벌들 이 꽃 저 꽃
옮기며 사랑놀이
세상사 자연의 이치
깨달음의 지혜야

까치부부

좋아서 깍깍 우네
가치부부 마주보며
엉덩이 실룩실룩
고개를 까닥까닥
전깃줄
외줄 곡예 중
사랑하며 있구나

새끼를 불러보는
부모의 목소리를
듣고는 새끼까치
전봇대 속 깍 깍 깍
가족들
아기 훈련 중
삶의 법칙 다 같네

들깨 모 정식

옥수수 사이사이
이랑에 들깨모종
콕 콕 콕 물주면서
악발로 버텼어라
이마엔 구슬 같은 땀
샘물처럼 흐르네

어렵게 하루 일을
마치고 탈진상태
냉수만 들이켜니
그제야 걱정 되네
정말로 건강 살피며
조심조심 일하자

방울토마토

텃밭에 토마토가
알알이 익어가네
방울들 조롱조롱
맛있네 새콤달콤
바구니
가득 담아서
손님들께 드려요

놀이터 손님들께
반갑게 인사하고
한 봉지 건네주면
좋아라 하시네요
맛있는
방울토마토
내 몸 건강 지켜요

친구의 선물

예쁘게 잘 입어 달라고
친구가 블라우스 재단해서
직접 지어서 보내 줬다

몸에 달라 붙지도 않고
까실까실 시원해서
아마도 여름 즐기리라

소중한 친구야
곱게 잘 입을게 사랑해
큰 손 널 잊지 않을 테야

옥수수 하모니카

가족들 모여
옥수수 하모니카
맛있게 뜯고 불고

땀 흘린 만큼 보답
알알이 탱글탱글
배릿한 맛 최고야

단물이 와르르
입 안 가득 쫀득함
중독 손이 자꾸 가네

그리운 너

눈만 감으면
떠오르는 너
어쩜 좋아 보고 싶은데

푸성귀 첫 수확하는 날
또 다시 네게로
난 달음박질이야

가끔은 보고 살자
그리움 삭일 수 있게
맘 편히 오 갈수 없는 현실

언제쯤이면 발걸음 쉽게
살아갈 수가 있을까?
코로나19 종식되기를

인생

세월 참 빠르네요
인생은 강물처럼

굽이굽이 돌고 돌아
즐기며 행복하게

꺾어진 반 토막 인생
남은 인생 짧아라

이래도 한세상이요
저래도 한세상이라

인생길 고단해도
웃으며 살자고요

후회랑 남기지 말고
베풀면서 삽시다

옥수수 첫 수확

이마엔 송골송골
옥수수 첫 수확 날
칼처럼 예리한 잎
기린 목 할퀸 자리
얼마나 훅훅 쓰릴까
안타까움 뿐이네

그래도 쉴 새 없이
손수레 실어오고
난 택배 포장하며
묵묵히 할 일한다
옥수수 택배 보내고
웃음으로 마무리

보석 같은 친구

소중한 내 친구들
글벗에 함께 있네
새로운 이름 하나
보석별 시인이죠
그대들
곁에 있기에
난 언제나 든든해

뜨거운 마음으로
손잡고 걸어가는
인생길 동행친구
사랑과 우정으로
시집 책
하나 둘 출간
보석 같은 친구죠

비오는 날

먼지가 나도록 마른 흙
반가운 사랑비가
주룩주룩 내려 흡족하다

비비꼬아 돌아가던 들깨 모
고개를 들고 푸릇푸릇
꼿꼿하게 서서 싱그럽네

자연의 위대한 힘
물주고 정성을 다해도
마르던 싹들 비에 살아났네

이제는 텅 빈 밭고랑을
향기의 들깨로 자라
푸름이 가득 넘치겠지

바람이 전하는 말

땀 흘린 노고에
기쁨으로 온 바람

살며시 다가와 흐른 땀
씻어 주려 왔다네

머물다 쉬어가게
예쁜 숲을 가꾸라 하네

푸름이 가득 넘치면
그곳이 바람이 쉬는 곳

귓전을 스치며 간지럼 주는
바람이 난 좋은걸

소문난 비

까만 밤 속절없이
시간은 흘러가고
퇴근길 요란스레
굵어진 빗줄기에
도로는
개울물 되어
넘실넘실 흐르네

아무런 사고 없게
살포시 지나가면
얼마나 좋을까요
우르릉 꽝꽝 번쩍
밤하늘
폭죽이 터져
두려움의 밤이야

제6부

커피를 마시며

사랑이들

텃밭의 옥수수가
택배로 완판 되고

큰 대공 꺾어 뉘고
황량한 작은이랑

들깨 모 반란의 시위
고개 숙여 울었지

비온 뒤 사랑이들
고개 번쩍 씩씩해

생명수 가득 받고
이파리 하늘하늘

푸름은 싱싱한 모습
사랑이들 최고야

꿈이 익는 계절

한 뼘밖에 안되던 봄
꽃 피우고 살며시 떠나고
그 자리에 여름 내려앉았지

하루해 길이 엿가락처럼
길게 늘어져 낮잠을 자고
등가죽 따가운 여름

땀범벅이 되는 여름은
꿈이 익는 계절이라서
신비롭고 마냥 좋아라

싱그러움의 싹이 자라
고운 희망 드리우는 들녘
발레 선수처럼 뒤꿈치 들고

하나 둘 수확기 접어들어
일상은 마냥 바쁘고 수고롭지만
내겐 희망의 꽃이 핀다네

파란 하늘

비 온 뒤 하늘빛깔
새 각시 한복 같다
흰 적삼 옥색치마
물감을 칠한 듯이
흰 구름
두리 두둥실
파란하늘 멋지네

손으로 쿡 누르면
와르르 파란물이
대야에 쏟아질까
한 눈에 쏙 들어온
하늘은
가을 닮아서
아리도록 예쁘네

항아리

툇마루 양지마을
항아리 올망졸망

가족들 모여 살죠
뜨거운 여름 날씨

탈나고 아프면 안 돼
구수한 맛 그대로

면사포 긴 드레스
치장해 입혀줬지

제대로 혼기차면
짝 찾아 보내줄게

잘 익은 된장 고추장
정 나눔의 그날을

콩순 치며

바람에
키다리 콩
쓸어져서 누웠네

예초기
둘러메고
싹뚝싹둑 자르네

말끔히
이발해준 콩
주렁주렁 올테지

외로운 새

어미를 찾는 걸까
아비를 찾는 걸까
서럽게 울고 있는
아기새 애처롭네
길 잃은
아기새 가족
어서 빨리 찾으렴

애가 타 어찌하나
숲으로 보내줄까
그러면 찾으려나
처음 본 새 한 마리
훨훨 훨
날아 가보렴
날개 펴고 날으렴

그믐달

저만치 동쪽에서
가녀린 눈썹 하나

초승달 올라왔네
그런데 아니라네

초승달 닮은 그믐달
아이구야 헷갈려

달님이 숨바꼭질
반쪽은 숨겨놓고

앙증달 손톱만큼
크기가 별과 같네

깜깜한 달빛이어라
애처롭네 어이해

효도

작은아들 땀 뻘뻘 흘리며
시골집으로 들어섰다

이 엄마 더위에 병날까봐
대형 선풍기를 들고서

뒤뜰 마당에 두고 평상에서
시원하게 보내란다

피식 웃음이 나왔다
속으론 장가나 가라

언제쯤 내 소원 들어줄까
그게 최고의 효도인데

꼬다리 옥수수

큰 자루 옥수수는
포장해 보내주고
꼬다리 옥수수 쪄
건조기 채반에다
널어서 햇볕에 쬐어
깨끗하게 말리자

건조된 옥수수 알
따내어 갖은 잡곡
토종밤 섞어 섞어
맛있는 미숫가루
맛있게 만들어야지
영양만점 식품을

친구야 내 친구야

만나서 반가웠지
얼마나 기다렸나
그리운 친구 얼굴
멀리서 달려와 준
그리운 내 친구들아
마주하니 좋구나

한 친군 큰 바다를
품어서 달려왔고
보따리 바리바리
진짜로 못 살겠네
한 친군 과수원 털이
어이하란 말이냐

오늘은 동네마을
어른들 나눔하고
과일도 싸 드리고
생선도 드시라고
친구들 선물 이라고
거품 물고 자랑질

비단 구름

하늘에 예쁜 구름
두둥실 떠 있구나

옥색 빛 하늘 따라
황금색 비단 구름

그리운 고운 사연을
가득 싣고 달리네

참 좋은 내 사랑은
신비한 자연 그림

오가는 사람들도
넋 놓고 바라보네

덩달아 노래 부르네
아름다운 그대여

도라지꽃

흐드러지게 곱게 핀
들녘의 도라지꽃
보라색 하얀색 어울려 있네

바람에 나부끼는 꽃대궁
춤을 추며 흔들리니
꿀벌들 정신을 못 차리네

엄지 손가락만한 왕벌
붕붕이 작은 양봉 벌
밭 가득 벌들의 꽃 잔치

싸우지도 않고 서로 어울려
꿀 나르는 모습이 마냥
평화스럽게만 보이네

저마다 삶의 법칙에 따라
쉬지 않고 일하는 모습에서
또 새로운 희망을 본다

커피를 마시며

문득문득 보고픈
얼굴이 떠오르는 날
모닝커피 한잔으로
그리움을 삭인다

같은 하늘 아래에
같은 나라에 살면서
서로가 바쁘다는 핑계로
우리 만남 참 어렵지

행여나 비오는 날
우연이라도 소식 올까
애써 기다려 보면서
한 모금 또 한 모금

머그잔 커피 바닥이고
그리움은 아득히 멀어지고
평범한 일상 속으로
또 다시 동동인다

210_ 아침의 시작

비구름

어둑한 하늘에선
비구름 모여들고
땅에선 비바람이
심하게 요동치니
회오리
바람 일으켜
어수선할 뿐이네

장맛비 조용하게
살포시 지나가길
빌고 또 빌어본다
심상치 않은 폭우
아무런
사고 없기를
무사안녕 최고야

해바라기

해바라기 이파리
우산처럼 넓어서
한잎 두잎 따주니
다리가 미끈하네

노란꽃 피워 줄때만
기다리며 비료주고
눈도장 찍으며
사랑을 듬뿍 주었지

자동차에 치여서 부러지고
뽑히고 잎사귀 뭉개져
얼룩진 상처로 애태웠는데
옮겨 심고 가꾸고

저만치 예쁜 걸음으로
우뚝 서 씩씩함으로
돌아와 반겨주니
이 보다 더 좋을 수 있을까

자연의 치유
강인한 생명력
이젠 건강한 꽃을 피워줄
가을의 그날을 기다린다

저수지에 핀 꽃

물 공급 저수지에
가녀린 꽃대 하나
얼굴을 내밀고선
방글이 피어있네
그 이름 연꽃이라네
부처님의 꽃이여

때 묻고 오염된 곳
정화되어 꽃으로 핀
우아한 아름다움
청초한 푸른 연잎
세상사 시름들일랑
연꽃 위에 살포시

아침을 밝히는 진실한 희망 노래

최 봉 희(시조시인, 평론가, 글벗 편집주간)

아침은 삶의 첫 시작이자 희망이다. 그래서 하루를 살아
간다는 것은 참으로 감사하고 기쁜 일이다. 농부에게는 어
쩌면 하루를 산다는 건 바구니를 들고 들로 향해 떠나는
싱싱한 희망일지도 모른다. 그래서 살아간다는 건 행복한
설렘이기도 하다.

농촌이나 산골에서는 아침이면 울창한 숲이 깨어난다. 산
속의 개울물은 산이 담고 있는 침묵의 소리로 답답함을 풀
어내듯 마음껏 진실한 소리를 내면서 흘러간다. 대지와 숲
엔 이슬이 내려 촉촉하게 세상을 적신다. 바람은 나뭇잎을
스치며 덜 깬 새들의 날개를 흔들어댄다. 그들에게는 거짓
이 없다. 진실한 목소리를 낼 뿐이다. 꽃나무들은 오롯이
햇살과 바람과 빗방울을 받으면서 모든 힘을 기울여 꽃과
열매를 맺으려고 끊임없이 노력한다.

우리들은 어쩌면 숲속의 생명을 체득하지 못한 채, 아침

을 찾고 순간의 깨달음을 모른 채 살아오지 않았던가.

강원도 산중에서 아침을 맞으며 하루하루 깨닫는 삶을 사는 시인이 있다. 하루가 어떻게 시작되는지, 아침은 어떻게 오는지를 빛의 표정을 알려 주고 자연의 속삭임을 알려주기도 한다. 하루가 열리는 들판의 모습들을 바라본다. 아침마다 새로운 출발선에서 하루하루의 소중함을 시로써 삶의 의미로 채우고 있는 시인이다. 떠오르는 아침 해를 바라보며 찬란한 하루를 맞고, 지는 해를 바라보면서 행복한 보람을 거두고 있는 시인이다. 바로 송연화 시인이다.

어느덧 송연화 시인의 열 번째 시집 『아침의 시작』을 출간하게 된다. 그의 시를 읽으면서 항상 느꼈던 감상을 하나의 단어로 표현하면 '희망'이 아닐까 한다.

시인은 새벽에 반가운 손님을 만나곤 한다. 바로 새벽안개와 달님, 그리고 해님이다. 무더운 날에는 '바람'을 만나고 싶어한다.

어머나 웬 손님이요 반가움에 설레발
더덕밭 새벽안개 살포시 내려앉아
포근히 고운 잠자고 둥실둥실 떠나요

마을의 수호천사 달님은 저 멀리로
떠나요 해님마중 방실이 웃으면서
아침 해 솟아오르네. 싱그러운 새벽에

오늘은 얼마만큼 더울지 벌써부터
괜스레 겁나네요 안개가 깔리는 날
무진장 덥다하는데 바람 불면 좋겠네
– 시조 「새벽안개」 전문

시에 나타난 새벽안개는 무더위를 가져다주는 부정적인
존재이지만 시인은 너그럽게도 반갑게 맞이하면서 바람이
불면 좋겠다고 말한다. 그 바람은 희망의 바람이고 행복의
바람이리라.

맑게 갠 파란하늘 구름꽃 가득피어
둥둥둥 떠다니고 초록의 물결바다
이파리 가득 물올라 상큼상큼 빛난다

모두가 싱그러운 초록의 물결들이
들녘에 가득피어 눈부신 아침햇살
농작물 토닥여 주는 사랑스런 하루야
– 시조 「초록물결」

또한 농사꾼에게 봄날이나 여름날 아침이면 어김없이 초
록의 물결을 만나면서 풍년을 염원한다. 그러면서 자신만
의 꿈을 키우고 있는 것이다. 그 꿈은 농산물에서 얻는 수
확의 기쁨을 가족과 친구, 그리고 이웃과 함께 나누고 싶

은 것이다. 한 마디로 더불어 살아가는 삶을 실천하고 싶은 것이다.

    새하얀 도화지에 그림을 그리듯이
    아침에 하루 시작 설계를 해봄이다
    마음 속 사랑 꽃 피워 오늘하루 잘 살자

    신선한 향기 피워 생활의 활력소가
    넘쳐나 미소가득 번지는 즐거운 날
    행복이 옹달샘처럼 퐁퐁 솟아 넘치길

    마음이 온유하게 녹슬지 않게 하고
    스스로 갈고 닦아 따스한 마음전해
    주변을 사랑하면서 새털처럼 가볍게
    – 시조 「오늘 하루」 전문

  시인의 기쁨은 농작물을 키우는 농부로서 하루의 시작의 설계는 시를 쓰면서 시작한다. 시의 향기는 자연에서 깨달은 행복이고 삶에서 깨달은 즐거움이다. 시인은 그 행복을 옹달샘처럼 퐁퐁 솟아난다고 말한다. 그 사랑은 자연을 사랑하는 즐거움도 있지만 마음의 온유함으로 스스로 갈고 닦아 주변을 사랑하는 일부터 시작한다. 그는 돈에 아주 큰 욕심이 없다. 그저 자기의 농산물을 가족 친지와 나누고 친구들과의 따뜻한 만남을 통해서 따뜻한 우정을 나누기를 힘써 행한다. 그 뿐인가. 그는 매일 매일 글을 쓰고 가족 친지는 물론이고 글벗들과 글을 나누고 공감이라는 유대감을 통해서 행복을 나누는 것이다.

　　새벽에 내린 이슬 채소와 농작물들
　　영양소 물기 가득 무지갯빛 머금고
　　영롱한 고운 꿈꾸며 한걸음씩 내게로

　　어여쁜 먹거리들 오늘도 방실방실
　　춤추며 반겨다오 웃으며 지내보자
　　한 뼘씩 자라는 모습 바라보는 즐거움
　　- 시조 「새벽이슬」 전문

　아침에 시인은 자연과의 대화로 시작한다. 그리고 행복의 꿈을 꾼다. 자연과 나눔과 소통, 그리고 간절한 마음으로 가족처럼 하나가 되길 원한다. 그것은 자연과 나를 동일시하는 물아일체의 경지일 수도 있지만 그것은 더불어 살아가는 따뜻한 마음이리라.

　　농작물 이불 되어 안개가 긴 잠 자고
　　이슬에 머리 감고 두둥실 올라가요
　　새벽의 하늬바람에 콧속이 뻥 뚫려요

알싸한 새벽공기 가슴에 부딪히는
상큼한 이 하루를 새들의 합창해요
포근히 감싸 안으며 한 맘 가득 펼쳐요
– 시조 「아침의 시작」 전문

　송연화 시인은 지난 5년 동안 매일 매일 글쓰기가 몸에
배어 있는 사람이다. 이렇게 얘기하면 김이 새고 흥미가
떨어질 수 있을지 모르지만 글쓰기는 습관이 되어야 한다.
습관은 글을 쓸 것인지 말 것인지를 결정할 필요가 없는
일이다. 습관은 그저 생활의 일부분이기 때문이다.

엄지 손가락만한 왕벌
붕붕이 작은 양봉 벌
밭 가득 벌들의 꽃 잔치

싸우지도 않고 서로 어울려
꿀 나르는 모습이 마냥
평화스럽게만 보이네

저마다 삶의 법칙에 따라
쉬지 않고 일하는 모습에서
또 새로운 희망을 본다
– 시 「도라지꽃」 중에서

변호사 존 그리샴은 처음 글쓰기를 시작했을 때 무식하고 혹독하지만 아주 중요한 의식을 치렀다. 목표는 하루에 한 쪽씩 매일 글을 쓰는 것이었다. 새벽 5시에 알람시계가 울리면 일어나서 샤워를 하고 5시 30분쯤에 커피와 노트를 챙겨서 글을 쓰려고 책상에 앉았다. 어떤 날은 10분 만에 한 쪽의 글을 다 썼지만 어떤 날은 두 시간에 걸리기도 했다. 송연화 시인도 마찬가지다. 그는 글벗문학회 네이버밴드에 매일 글을 올리고 있다. 한 번도 빠짐없이 그는 바쁜 농사철에도 힘겨운 새벽에도 그리고 저녁에 노래방을 운영하는 힘겨움 속에서 그는 혹독하게 글을 썼다. 아니다. 그는 즐거움으로 글을 써왔던 것이다.

날씨는 푹푹 찌고
이마에 땀방울은
발등에 쉴 새 없이
떨어져 힘든 하루
옥수수 콕콕 심었네
가을날의 희망을
– 시조 「여름날」 중에서

그는 하루하루 농사를 짓는 농사꾼이지만 그는 힘겨움 노동 속에서도 희망을 말하고 있다. 그것도 매일 매일 글을 쓰면서 시 한 편, 글 한 페이지를 쓰는 습관으로 이어진다.

여기에 부수적인 기쁨들이 끼어들기도 한다. 이를테면 독서가 또 하나의 습관이라서 책 나눔이나 도서구입에 탐닉한다. 책 나눔과 글 나눔으로 시간과 돈을 쓰면서도 행복을 갖지 않을 수가 없다. 그는 영락없이 글과 떨어질 수 없는 글쟁이기 때문이다.

> 반년의 세월 훌쩍
> 떠나고 칠월 첫날
>
> 새로운 희망하나
> 잘 자라라 심는다
>
> 꿈이여 미소 지으며
> 나에게로 오너라
> – 시조 「칠월」 중에서

 시인은 농사를 짓는 일터에서나 집안의 의자에서 잠시 휴식하는 시간을 통해서 휴대폰을 들고 시인들의 시 작품을 읽거나 자신의 글을 올리는 것이다. 매일 아침 들판으로 농산물을 살피면서 오늘은 무엇을 쓸까 생각하는 습관을 들인 것이다. 그 글들은 자연과의 대화로 이루어진 글이다. 그리고 자신과의 희망을 갖고 나를 위로하는 행복한 글쓰기가 시작된 것이다.
  싱그러움의 싹이 자라

고운 희망 드리우는 들녘
발레 선수처럼 뒤꿈치 들고

하나 둘 수확기 접어들어
일상은 마냥 바쁘고 수고롭지만
내겐 희망의 꽃이 핀다네
- 시 「꿈이 익는 계절」 중에서

어니스트 헤밍웨이는 『파리는 날마다 축제』에서 이렇게 말했다. "걱정하지마. 넌 지금까지도 잘 써왔으니 앞으로도 잘 쓸거야. 일단 진실한 문장 하나를 쓰면 돼. 네가 아는 가장 진실한 문장을 써봐." 그렇게 해서 어니스트 헤밍웨이는 마침내 진실한 문장을 쓰고 나면 거기서부터 자신 있게 글을 써나갈 수 있었다고 한다. 내가 보았거나 혹은 어디선가 읽었거나 누군가에게 들은 진실한 문장을 하나쯤은 늘 있었기 때문이다.

그렇다. 미사여구에 치중하는 글쓰기보다는 언제나 맨 처음 써놓은 그 간결하고 진실한 문장으로 돌아가서 다시금 새롭게 글을 쓰는 자세, 어쩌면 송연화 시인의 시 쓰기 활동이 추구하는 글나눔의 자세가 아닌가 한다.

더위를 무릅쓰고 희망등 하나 걸고

꼼지락 땀 흘렸네 작은 씨앗 고들빼기
바람에 날려 갈까봐 살금살금 뿌렸네

촉촉한 땅의 촉감 씨앗은 자리 잡아
집짓고 웅성웅성 꿈꾸며 자라나서
가을 날 우리 곁으로 기쁨으로 올 테지
- 시조 「희망등」 전문

오늘도 송연화 시인은 자신의 일터에서 끊임없이 글쓰기라는 희망의 등불을 켜고 있다. 가족 이야기, 농사짓는 애환과 따뜻한 풍경, 그리고 친구와 문우들과의 이야기, 이웃들과 따뜻한 나눔 이야기를 펼친다.

다시금 강조하지만 글쓰기의 비결은 오롯한 글쓰기의 습관과 태도가 아닐까. 희망 즉 도전에 대한 확고한 신념과 의지가 필요하다. 그래서 아침을 밝히는 진실한 희망 노래를 부르는 송연화 시인을 존경한다.

오늘도 새롭게 아침을 시작하는 송연화 시인을 응원한다. 진실을 위한 노력과 힘찬 희망으로 새롭게 시를 쓰는 그에게 응원의 박수를 보낸다. 더불어 그의 일터에서 그리고 그가 활동하는 문학 모임에서 그의 글나눔이 더욱 빛이 나길 응원한다. 다시금 아침을 밝히는 진실한 희망의 노래가 담긴 그의 시집을 펼친다.

■ 글벗시선 **124** 송연화의 열 번째 시집

아침의 시작

인 쇄 일 2021년 2월 10일
발 행 일 2021년 2월 10일
지 은 이 송 연 화
펴 낸 이 한 주 희
펴 낸 곳 도서출판 글벗
출판등록 2007. 10. 29(제406-2007-100호)
주   소 경기도 파주시 와석순환로 16,(야당동)
         롯데캐슬파크타운 905동 1104호
홈페이지 http://guelbut.co.kr
E-mail juhee6305@hanmail.net
전화번호 031-957-1461
팩   스 031-957-7319
가   격 15,000원
I S B N 978-89-6533-167-4 04810